THE HILL WE CLIMB

An Inaugural Poem for the Country

Amanda Gorman

文春文庫

わたしたちの登る丘

アマンダ・ゴーマン
鴻巣友季子訳

文藝春秋

目次

扉絵・柳智之

二〇二一年一月二十日、
ジョー・バイデン大統領
就任式にて朗読

わたしたちの登る丘

アメリカ合衆国大統領とバイデン博士、
副大統領とエムホフ氏、
そしてアメリカ国民のみなさんと全世界に捧ぐ。

朝が来るたびに、わたしたちは自問する。
どこに光を見出せるというのか?
この果てなくつづく暗がりに。
わたしたちの抱える喪失、これからわたる荒波に。

勇を鼓し、悪の跋扈《ばっこ》する場にもぶつかってきた。
沈黙、すなわち平穏とはかぎらない、
只そこにあるもの《ジャスト・イズ》が規範や通念となろうとも、
それが正義《ジャスティス》とはかぎらないと知りもした。

それでも知らぬ間に夜《よ》は明ける。
さあ、どうにかしてやり遂げよう。
これまでもどうにか持ち堪え、目の前には、
壊れたわけではない、ただ未完の国がある。

わたしたちはこういう国と時代を継承していこう、
痩せっぽちの黒人の少女、
奴隷の末裔にしてシングルマザーに育てられた娘も、
大統領になる夢を見られるような。
と思えば、 その子はいま大統領に詩を暗唱する役まわり。

そう、わたしたちは完成からも、かといって生《き》のままからもほど遠い。
けど、だからといって、完璧な国を求めて励むのではない。
目指すのは、志をかかげて結束をかため、

人間のどんな文化、どんな肌色、どんな気質、
どんな境遇にも、
真摯にとりくむ国を築いていくこと。
うつむけた目をあげ、
わたしたちを隔てるものではなく、
わたしたちの先にあるものを見つめよう。
人びとの間の溝を埋めよう。
なぜなら、わたしたちはもう知っている。
未来を第一に考えるなら、第一に、
たがいの差異は脇におくべきだと。

さあ、武器《アームズ》を置こう。
たがいの体に腕《アームズ》をまわせるように。
だれも傷つけず、皆が調和する社会を目指そう。

すくなくとも、これだけは事実だと地球に言わせよう。わたしたちは
懊悩《おうのう》しつつも、大きくなり、
傷つきながらも、希望をすてず、
疲れ切って《タイヤード》も、力を尽くし《トライド》、
とこしえの絆を得《タイド》たのだと。
わたしたちに勝利があるなら、
もう二度と負けないからではなく、
もう二度と分断の種は蒔《ま》かないから。

思い描けと聖書は言う。
「だれもが其々のブドウとイチジクの木陰で安らぎ、
だれにも脅かされない」さまを。
わたしたちなりの時代を生きていくなら、勝利は
凶刃ではなく、わたしたちの架けた強靱な橋にある。
それこそが、鬱蒼《うっそう》たる森にひらけた約束の地、
わたしたちに勇気さえあれば登れる丘の斜面。
アメリカ人であるなら、受け継いだ誇りに甘んじず――
過去にこそ踏み入り、過ちは正していこう。

国を分かちあうことなく、ばらばらに分かつ力を、
民主主義の足を引っ張るだけでも国ごと滅ぼしかねない勢力を
わたしたちは見てきた。
しかも、この企みはあやうく完遂しかけた。
けれど、民主主義は折々に足止めされることこそあれ、
打ちのめされたままではあり得ない。

この真実を、この信念を、よりどころにしよう。
わたしたちは未来を見据える一方、
歴史に見張られてもいるのだ。

正しくあがなう時がやってきた。
そのとば口に立つわたしたちは慄《おのの》き、
そんな苛酷な時代を継げる気がしなかった。
それでも歩みゆくうちに、わたしたちは力を見出した。
この国に新たな章をつむぎ、
みずからに希望と笑いをさしだす力を。

かつてわたしたちは自問した。どうしてわたしたちが、
惨禍に打ち勝てるというのか？
今のわたしたちには断言できる。このわたしたちが
惨禍に打ちのめされるはずがないと。

過ぎた日に歩みを戻すことなく、
わたしたちは明日に向かって進む。
痣《あざ》はあっても、健やかに立ち直り、
思いやりに満ちながら、思い切りよく、
情熱と自由の国へと。

わたしたちはどんな脅しにも、背を向けず、
引き返しもしない。
無為と無気力はかならず、
次世代に負の遺産をもたらす。
わたしたちがつまずけば、次世代に負荷をもたらす。
でも、ひとつだけ確かなのは、
慈しみと強さ、強さと正しさをひとつにすれば、
愛がわたしたちの手渡す遺産となり、
孫子《まごこ》が生まれながらに改革の権利をもつことだ。

だから、この国を受け継いだときより良い国にして
後世に受け渡していこう。
うち鍛えられたブロンズの胸で息吐《つ》くごとに、
この傷負った世界に息吹をあたえ、
輝かしい場へと育んでいこう。

わたしたちは黄金《こがね》の陽《ひ》に染まる西部の丘陵地で立ちあがる！
風の吹きすさぶ北東部、昔々に先祖たちが初めて革命をなしとげた場所で立ちあがる！
数々の湖にかこまれた中西部の町々で立ちあがる！
灼熱の太陽が照りつける南部で立ちあがる！

わたしたちは建て直し、歩み寄り、立ち直る、
この国で知られるあらゆる場所で、
わたしたちの国と呼ばれるあらゆる片隅で、
多様でありながら実直な国民たちが。
わたしたちは押しひしがれてもみごとに身を起こす。

朝が来たら、暗がりから踏みだそう。
熱い思いを胸に、臆することなく。
解き放てば、新たな夜明けが花ひらく。
光はきっとどこかにあるのだから。
わたしたちに見る勇気さえあれば、
わたしたちに光になる勇気さえあれば。

アマンダ・ゴーマンへの賛辞

オプラ・ウィンフリー

そうそう味わえるものではありません。のたうつような痛みと苦しみが、希望に、それどころか歓びに道を譲る、こんな輝かしい瞬間は。

わたしたちの魂を悩ませ、信心を揺るがしてきた深い悲しみ——はっきり口にするのもつらく、耐えるのはいっそう苦しいものでしたが、それが曇りのない透徹したものに生まれ変わる瞬間。

叡智の湧き出でるリズムとわたしたちの血潮や鼓動がひとつになる瞬間。

天の恵みと安らぎがひとりの人として顕われ、わたしたちの来し方とこれから進むべき先を見てとり、その道を言葉で照らしてくれる、そんな瞬間。

アマンダはまさしくわたしたちが待ち望んでいた人でした。この「奴隷の末裔である痩せっぽちの黒人の少女」は、わたしたちの真の姿を、人類の遺産を、わたしたちの心を、見せてくれました。

就任式での彼女の朗誦を観た人はだれしも、希望に力を得て、目を見開いたことでしょう。わたしたちは本来こうあるのだ、こうあれるのだと、二十二歳の若き詩人の眼と存在を通して、自分たちの最良の姿を見ることができたのです。わが国最年少の「就任式詩人」の快挙です。

打ち寄せる詩句の波に洗われ、わたしたちは傷を癒され、精神を蘇生させました。一度は膝を屈しても立ちあがり、「疵はあっても、健やか」な国として丘を登りだしました。最終スタンザではついに奇跡が起き、わたしたちは「果てなくつづく暗がり」に陽の光が射してくるのを感じました。
それこそが、詩の力です。二〇二一年一月二十日、ジョセフ・R・バイデン大統領就任式の場に集ったわたしたちが共に目にした力なのです。
あの日、その輝かしい全姿を厳かに現したアマンダ・ゴーマンがマイクの前に立ち、時代とまっすぐに向きあってわたしたちに差し出してくれた贈り物、それがこの『わたしたちの登る丘』なのです。

（テレビ司会者、慈善家）

大坂なおみ（日本版特別寄稿）

アマンダは一世代に一人という才能。詩人、作家としてもすごいけど、人としてさらに素晴らしいんです。今年（二〇二一年）はMet Galaで彼女と共同ホストを務められてほんとに光栄でした。今後、ますます活躍してくれると思うと楽しみ！

（テニス選手）

＊Met Gala：毎年ニューヨークで催される世界最大規模のファッションイベント。

解説対談「魔法のごときその言葉を」

柴崎友香×鴻巣友季子

鴻巣　今回、この『わたしたちの登る丘』文庫版が出るということで、日本の読者に向けて、この詩の楽しみ方を一緒に考えてもらおうと、英米文学も広く読まれている柴崎友香さんにお越しいただきました。柴崎さんの芥川賞受賞作の『春の庭』は英訳されていますね。そして二〇一六年、ちょうど大統領選挙の頃にIWP（International Writing Program／国際創作プログラム）という歴史あるイベントに参加されて、三カ月ほどアイオワ大学で大勢の世界中の作家の方たちと過ごしたという経験をされています。

柴崎　そうですね。世界の様々な国から三十七人の作家が集まって。

鴻巣　その体験は本にもお書きになっていますけれど（『公園へ行かないか？　火曜日に』）、私がすごく面白いと思ったのが、三カ月だけこのプログラムの場に出現する多民族国家みたいだな、ということです。国も人種も言葉も様々だけど、否応なく共通言語として英語を話す。ネイティブの人、ネイティブさながらの人、そうでもない人と、多彩な英語がある。

柴崎　私が一番得意でなかったんですけど。

鴻巣　でもすごく融けこんでましたよね。ともかく、いろんなアクセントや語彙や文法の英語があるというのが、アメリカ社会の縮図のようだと思ったんです。アイオワに毎年三カ月だけ出現するＩＷＰ共和国というか。

柴崎　確かに、アメリカの縮図であり、英語の縮図でもあるな、と私も思いました。それだけの人数がいると困難も発生するのですが、ともかくその期間を共有する。同じプログラムに過去に参加した作家のエッセイに書かれている状況と比べると、経済活動のグローバル化やインターネットの普及によって近年はどの国の作家も差はあるにしてもだいたい英語が話せるようになっている。たとえばアジアの国の作家同士でも英語で会話しますし、第二言語で獲得した英語で他の国の人たち同士で話す場面が増えているからかえって英米のネイティブの人の独特の言い回しが通じないなんて話も最近話題になっていました。まさにそのような状況をＩＷＰで経験して、英語のグローバル言語化という実感が問題や課題も含めて、すごくありました。

鴻巣　アメリカでは、英語のできるできないで仕事、お給料が決まっちゃうシビアな現実があって、みんなグローバルに英語をしゃべろうと言っても、そこには言語の社会的、政治的な格差が出てしまうことがあるんですね。でも、このＩＷＰ共和国では、作家が集まって考えをシェアし共同生活をしていこうと、均質ではなく多様だけれども、そこに一つのunityというか共感がある。ここに、今回の詩からも読み取れる、アマンダ・ゴーマンが思い描く社会が一つ投影されている感じがしたんです。

柴崎 なるほど。

鴻巣 『わたしたちの登る丘』の第五スタンザに、わたしたちは、完璧、perfectな国を求めて励むわけではない、という言葉があります。アマンダが使っているperfectって、diversity、すなわちIWPのような凸凹して多士済々の多様性と対比的な感じがある。訳者解説にも書きましたが、翻訳をチェックしてくれたジェフリー・アングルスさんによると、このperfectはアメリカ合衆国憲法の前文を思わせるんだそうです。前文一行目にある、more perfect Unionという言葉ですね。実はオバマ元大統領も二〇〇八年の大統領選挙で「A More Perfect Union」と題する演説をしています。アメリカ憲法も、そして初めての黒人大統領もmore perfectと言ったところで、アマンダはperfectは求めていない、と言うんですね、しかも新大統領の就任式でびしっと。これはカッコいいなと。ヨーロッパよりずっと若い国が、より完璧に、より洗練されて、より整ったものへと進んできた。それがトランプ政権、新型コロナウイルスというタフな時代を経験したあとで、若い黒人女性詩人がperfectじゃなくていい、わたしたちが目指すのは多様性であり、その上での友愛であり、絆だと言った。これは先人にリスペクトを捧げながら、その理念へのアンサーであり、問いかけでもあったのかなと、読んで暫くしてから感じたんです。

柴崎　そうですね、この詩全体で、念頭に置いたものがいろいろあるんだろうな、完璧な国を志すわけではない、みんなが同じになって理想を実現するというより、いろんな人がいて、その状態で歩んでいこう、という感じかな、と思いながら私も読みました。大統領がオバマから二〇一七年にトランプになり、二〇二一年には再び民主党のバイデンになって、その間には様々な差別の事件があったり、BLMのようにそれに反対する運動もあって。そうして、揺れ動きながら進んで行くのがアメリカという国なんだな、ということも思いました。

鴻巣　そう思います。この詩もたびたび対句が出てきて、暗いものから明るいものへ明転し、また暗い時代のことへ戻る、と揺れ動く構成を何度も経ている。これまでperfectな整ったものを目指してきたけれど、目指すものはそんなに綺麗に揃ったものじゃなかった、という内省のようなものもあるのかなと。読み返せば読み返すほど、まだ読み切れていないところがたくさんあると思わされます。

柴崎　やはり、詩って何回も読みますよね。小説も読み返すことはありますが、詩は繰り返し何回も味わうというか、じっくり一つひとつの言葉について考えたり、想像したりすることが多い。そもそも自分が話している言葉って何だろう、と深く考える機会を与えてくれたり、言葉でこんなことができるんだな、と驚かせてくれたり。

鴻巣　自分の言葉を考えるきっかけにもなる。

柴崎　先ほどおっしゃったように、ネガティブなものをポジティブに反転していくところはまさにそうで。一番ハッとしたのが、武器のarmsが腕のarmsになり、その次の行では傷つけるharmが調和のharmonyになるところ。わっ、これはすごい！　と驚嘆しました。武器や傷つけるというような、ある種の悪い言葉が、連帯をうながす言葉に転換されていく。こういうことができるのか！　と。しかもそれが次々と示されながら、全体としても明るいほうへと動いていく。

鴻巣　本当に、奇跡的な押韻だし詩句だと思います。いま挙げられた第七スタンザ、ここからの技巧とそれに伴う高揚は圧倒的ですね。続く第八スタンザでは、頭韻、アリタレーションといって、頭で韻を踏んでいますが、それに駆動性というか、前へ前へと進む効果がある。ンッタンンッタンじゃなくて、タンッタンッというアクセントになって。grieved（懊悩）がgrew（大きく）になり、hurt（傷つき）がhoped（希望）になり、tired（疲れ切って）がtried（力を尽くし）に、さらにtied（絆を得た）になる。

柴崎　iとrが入れ替わるだけで、疲れ切って、が、力を尽くし、と全然別の意味になる。harmとharmonyも、途中まで同じなのに、傷つける、が調和になる。言われてスペルを見れば確かにそうなのですが、このように詩になることによって突然その言葉が浮かび上がってくる。

鴻巣　まるで魔法を見て聴いているようです。

柴崎　本当に魔法だな、と。こういう魔法的なことができるのが詩だな、と。新しい言葉を作り出したわけではないのに、言葉の並び方を変えたことによって、こういう魔法が生じる。これが詩の力ですね。

■

柴崎　私は小さいころから本でも漫画でも何でも好きだったんですけれど、明確に「言葉はこんなことができてすごい」と思ったのは、翻訳された詩を読んだときだったんです。小学校四年の教科書に載っていた、ジャン・コクトーの、堀口大學が翻訳した詩で。

鴻巣　あっ、インタビューでのそのお話、思い出しました。

柴崎　『シャボン玉』という詩です。「シャボン玉の中には　庭は入れません　まわりをくるくる回っています」という、三行だけの詩なんです。それを読んだとき、シンプルな日常的に使う言葉が三行並んでいるだけなんですけれども、シャボン玉の中に庭は入れないという、当たり前なんだけれども、今までそれについて自分は一度も真剣に考えたこともなかった、と気づかされた。そして、最後の行では、シャボン玉が動いて地面は動かないんだと普段思っていることが反転して、世界が回っているようなイメージが訪れる。カッコいい、自分もこんなことがやりたい！　と思ったんですね。こんなふうに世界の見え方が変わるようなことが小学生にもわかるシンプルな言葉、たった三行のわずかな言葉でできるのは、なんてかっこいいんだろう、と。

鴻巣　まるで俳句のようですね。

柴崎　そうなんです。少し前に翻訳文学について話す機会があって原文を探してみたところ、元のコクトーの詩は実際、俳句の影響を受けて書かれたシリーズらしくて。それで、私はフランス語があまりわからないので読める人に聞いてみると、この三行目は原文では「表面を滑っている」というような言葉で日本語訳とは少し印象が違うそうなんです。だから、自分も詩の実作者だった堀口大學の表現が入っているのだと知りました。

鴻巣　それが翻訳者の世界観なんですね。

柴崎　堀口大學の世界観や表現が入っていて、翻訳にあたってそれがいいことかよくないことかという議論はあると思うのですが、その時はその翻訳によって私は詩の面白さを知ったわけで、その部分も含めて翻訳の面白いところかもしれません。日本の俳句がフランス語に翻訳され、それに影響を受けた詩が日本語に翻訳されたという面白さもある。私は今は小説を書いていて詩は書けませんが、同じ言葉でもそれをどう並べるかで見えている風景まで変えてしまう、そんなことが詩にはできるんだ、というのが自分が言葉でなにかを作りたいと思った原点にあるんです。アマンダの詩の arms と arms なんて、見た目は全く同じ単語ですよね。

鴻巣　発音も綴りも一緒で、ただ語源だけが違うんですけれども。

柴崎　それが違う文脈に置かれると別のもの、全く反対のものになることを、鮮やかに示してくれる。これはやはり詩でこそできることですね。

鴻巣　近年、アメリカの詩全体に、プレーンな言葉で語りかけながら世界を転換させるインパクトがある詩、という流れもあるのかなと思います。アマンダが一気にブレイクして出てきたのも、彼女が書き文字だけの詩人ではないからだろうと思うんです。スポークン・ワードという詩を声に出すパフォーマンス形式が、この十年、二十年くらいずっと流行していますけれど、欧米で詩が一つの潮流になっているというか。

柴崎　文学というと小説のイメージが強い人も多いかもしれませんが、詩のほうが文学の中では歴史があって、そこに戻ってきている感じなんでしょうか？

鴻巣　もともと小説って、韻文詩の押韻や韻律など定型の制約から解き放たれようとして散文芸術として発達した面があると思いますが、今世紀の境目ぐらいから、詩に命脈を求めて戻ってきている感じは確かにありますね。そこに、アマンダとか、若い詩人やスポークン・ワードのアーティストがめざましい活躍をしている。彼女のフランス語の翻訳者のルース・アンド・ザ・ヤクザは、コンゴ出身の黒人の女性ラッパーで本当にカッコいいんですけど、こういう声のパフォーマンスと詩の交流で、詩がイケてるぞ、と。さらにどうやらコロナによる閉塞感や鬱屈感の中で、心の支えとして詩の言葉を求めるような部分があるらしく、英米では詩集や詩のアンソロジーの出版が目立っています。

柴崎　それは面白い。確かに、ＩＷＰでも、その後にいろんな国の文学祭に参加しても、必ず詩人が多くいて、詩の朗読やイベントがあります。詩だけの詩祭もありますし。文学フェスティバルに参加すると、小説家も自作の朗読をするんですがやはり作品の一部だけになりますよね。詩だと全文朗読できるし、詩の言葉ってその場ですごく強く響くんですよね。プログラムの最後のイベントに詩人が今回のことを詩にしました、と発表したり。その場にいる人に伝える言葉の強さや、そこで起きていることを表現できるのを目の当たりにしました。文学や詩が好きな人が参加している場ではありますが、詩は身近にあるものなんだな、というのは詩の朗読の場で感じたことですね。

鴻巣　詩と小説の明確な境界がなくなってきている観もあります。verse novel（詩形式の小説）も盛んですし、アマンダのこの作品にしても、詩なんだけどストーリーがある。その一方で、ずっとノーベル文学賞の候補とされていたジョン・アシュベリーの長くて難解な詩とは対極にあるような詩を書くルイーズ・グリュックがノーベル文学賞を受けたのは象徴的かもしれません。彼女の詩はむしろありふれた日常の言葉で書かれますが、気づくとふっと異世界に迷い込んでいるようなところがある。言葉の瞬発力による世界観の転覆とか、ヴィジョンの展開……。アマンダもそういうことを意識してやっているように思います。

柴崎　本当に、このあたりは面白かったですね。特に今回は、原文と日本語訳を対照できる構成になっていて。

鴻巣　翻訳者としては極めて恐ろしいというか、チャレンジングなのですが（笑）。

柴崎　並べて読めることでよりわかるところが多かったです。まず英語を読んで自分なりに理解しつつ、日本語訳を読んで、という順番で読んだのですが、発見が多くありました。

鴻巣　理想の読者です（笑）。

柴崎　対訳の置き方自体によって、ここがこうなっているのか、と発見する謎解き的な面白さがあってとてもいいです。韻などの言葉の響きや、文字のビジュアルで伝わる印象もありますし、なかなか詩の翻訳は難しいですよね。訳文だけしかないと、どうしても表わせないこともあるでしょうし。

鴻巣　そうですね。私もルビに頼ったところもありますし。たとえば、「justice」と「just is」がかけ言葉になっているところなんかは、パフォーマンスつきでやっとわかるんですね。アマンダは指でクォーテーションマークをつくって「just is」とくくっているので、そこまで引用符がついているんだとわかりましたが、最初は「just」だけをくくった書き起こしが出回っていたんですよ。なので、そこを「正義とは」と訳したものがいっぱいあった。でも「just is」で「只そこにある」と「正義」をかけていたんですね。

柴崎　文字で読んでから映像を見ると、少し印象が違いました。もっとドラマティックな感じで読むこともできる詩だと思うんですが、アマンダの朗読は明るさがあって、明瞭で、若者らしい感じを受けました。

鴻巣　難しい言葉は使っていないし、聞いてわかる、読んでわかる。けれど、後から気がついたり、調べて気がついて、こういう意味が隠れていたんだ、ということがザクザク出てきたりする。そういう意味で、ゆっくり読めるんですね。瞬間的にささってくる部分もあるけど、何度も、延々と読んでいることもできる。たぶん、また一年後に読めば、ああまだ読めていなかった、と思うでしょうし。

柴崎　詩には、何回も読む面白さがあり、また、声を出して朗読する、暗唱するのも詩の面白さだなと思ったりします。それに、すごく長い詩もありますけど、まるごと覚えて自分も体感できるような楽しみもありますね。

鴻巣　小説では読者は感情移入はできますけれど、当事者にまでなるのはなかなか難しい。けれど、言葉の当事者になるということが詩ではできるということでしょうか。

■

鴻巣　柴崎さんはＩＷＰに参加して、その帰国前日が二〇一六年の大統領選の開票日だったんですよね。

柴崎　はい。アイオワからニューヨークに旅行してプログラムが終わるのですが、最終日がたまたま投票日だったんです。結果はまったく予想していなかったのですが、一大イベントだしせっかくなので開票まで見ていこうかなと三日間延泊して。書店でやっていた開票速報イベントに参加したんですけれど、ニューヨークでリベラルな人の多い街なので、予想外の結果に皆さん動揺していました。翌日は雨で寒い日だったのもありますが、街の人たちが戸惑いながら話していた光景をよく覚えています。

鴻巣　そういうショックからの四年間、さらにコロナも襲ってきて。この詩でも、第十スタンザあたりではかなりはっきりと前政権への批評が出ているように思います。「民主主義の足を引っ張るだけでも国ごと滅ぼしかねない勢力をわたしたちは見てきた」「この企みはあやうく完遂しかけた」というのは、大統領就任式前の連邦議会議事堂襲撃事件を思わせる。この詩は全体に比喩や、聖書の引用や、ミュージカル『ハミルトン』の引用などもちりばめながら書かれていますけれど、ここは結構ストレートなメッセージ性を読み取れるかなと思います。

柴崎　こういう新政権の就任式ではいつも詩が読まれるものなんですか？

鴻巣　そうですね、マヤ・アンジェロウとか、ロバート・フロストとか。国を代表するような国民的詩人が来るんですよね。そこに、まだ大学を卒業したばかりの二十二歳の詩人が呼ばれた。ジル・バイデンがかねてから才能に注目していて、自らアマンダに依頼したそうですね。

柴崎　バイデン大統領が白人で高齢の男性だから、多様性をアピールするという意味もあったんでしょうか？

鴻巣　それはあったかもしれません。あと、もしかしたら、ジル・バイデンがヒラリー・クリントンのようなエリートと少し違う視点を持っていたのかもしれないと思います。彼女は大学を出て社会人になりバイデンと結婚し、五十代半ばで博士号まで取った方で、教職にもついているんですけれど、アイビーリーグなどの名門私立校ではなく、公立の二年制のコミュニティ・カレッジで先生をずっとやっているんですね。コミュニティ・カレッジって、働きながら通う人や、シングルペアレントで子どもを連れて通う人もいますし、それぞれの生活と困難を抱えている人が結構います。離学率も低くないのですが、そういう地域の学び舎に貢献することを考えて、地元のコミカレで教えてきた人なんだろうと想像しています。ファーストレディになってからもキャリアを続けていますから。一方、アマンダは学校の先生でシングルマザーのお母さんに、双子の姉妹として育てられた。名を挙げたのは議会図書館の全米青年桂冠詩人プログラムの第一回受賞者になったことです。この図書館での朗読でジル・バイデンの目に留まったと言い、ニューヨーク公共図書館なども彼女の朗読会を企画した。やっぱりアメリカって、全米図書館協会もあるし、図書館の力が大きいですね。図書館たるものこうしなくてはいけない、という人権意識みたいなものがとても高い。ある意味での文化的〝公助〟の連鎖を感じます。日本に足りないと言われているものですね。こういう支援によってアマンダ・ゴーマンが世に出てきたと思うと、アメリカはすごい格差社会ですけど、日本に彼女のような才能を世に出す経路はあるのかな、と考えさせられます。

柴崎　若い人が国のイベントなどで抜擢されることは今の日本ではほんとうに少ないですね。日本で首相の就任式に若い詩人が自作を朗読するのは、かなり現状と距離があって想像しがたいです。

鴻巣　ジル・バイデンは教育リーダーシッププログラムで教育博士号を取得しているそうですし、大学在学中にリーダーシップ教育を支援するNPOを立ちあげたゴーマンとは志を一にするところがあるのではないかと。ふたりとも後進のことを考えていて、良い意味でアメリカらしい。

柴崎　そうですね、とてもアメリカらしい感じがします。

鴻巣　アマンダは二〇三六年の大統領選に出る、と言っているそうです。

柴崎　ぜひ出てほしいですね。

■

鴻巣　ちょっとまた翻訳の話に戻って、柴崎さんのＩＷＰの経験を読んでいると面白いのが、トモカという人が日本語の標準語と大阪弁と英語の「トリリンガル」になっていくんですよね。大阪弁も標準語も、アイオワでは基本的に使うことはないと思うのですが、トモカの頭の中にある言語が、最初は標準語なんだけれど、大阪弁になっていく。

柴崎　そう、だんだん標準語が後退して大阪弁になってきて。エモーショナルな言語というか、第一言語、マザータンが大阪弁だから、自分にとって慣れない、使いこなせない英語でしゃべろうとがんばっていると、頭の中で大阪弁と英語の間に位置する言葉が抜けていったんだと思います。トリリンガルというか、三角関係ですね。大阪弁↓標準語↓英語という方向性ではなく、互いに関係し合っている。アメリカの英語ってストレートに表現するというか、エモーショナルにしゃべろうとすると、大阪弁っぽく感じて、自分にとっては標準語よりも近いと感じるときもある。私の作品の大阪弁の会話を、アメリカの学生が英語に翻訳して演じる発表をしてくれたんですが、それを聞いていると英語が大阪弁ぽい感じがしてきて。言語が二つの対比だけでなく、三角関係であることによってわかることもあると思うんです。たぶん外国語も、英語ともう一つ何かあったら、いっそうわかってくるものがあるのかもしれません。

鴻巣　そうですね、三点あってはじめて立ちあがってくるものがある。日本語と英語と、もう一つロシア語でもイタリア語でも韓国語でもいいんですけど、柴崎さんのおっしゃる三角関係になると、三者の作用で言葉が立体的になる。

柴崎　いろいろ考えさせてくれるところがありますね。普段の自分の中に複数の言語があるとき、ストレートに、エモーショナルな言葉のほうで書けばいいかというと、それだけでもないし。

鴻巣　やはり詩にしても小説にしても、何か異言語を探しに行くことだと思うんですよね。作家の奥泉光さんが近畿大学で翻訳のクラスというのでずっと教えているそうです。それは英語力向上の授業じゃなくて、クリエイティブ・ライティングの一環としてやっていて、英語から訳させることで、違和感、言葉の違和というか、自分のままならない言葉と格闘させるためだと。自分が楽に使える言葉のバブルから出るために、翻訳をやらせているとおっしゃっていました。

柴崎　普段しゃべっている言葉で言いやすい形で感情が伝わることをそのまま書けば伝わるかといえば、違います。伝わらない、ままならない言葉と格闘することによって、文学の言葉が出てくる。小説を職業にしていると、スピーチや講演が上手いんじゃないか、普段の会話でもいいこと言うんじゃないかと思われることがあるんですけど、少なくとも私は逆なんですよね。思ったようにしゃべれない、うまく伝わらない、言葉がままならないという感覚があるからこそ、それをどう伝えようかと格闘して、小説につながっていく。先ほど欧米で詩が一つの潮流になってきているとのお話がありましたが、日本でも詩が注目されてきているのを感じます。近年の日本だと、詩というものが世間一般では少し馴染みのないものに思われてきた面がありますよね。現代の日本にも多様な、素晴らしい詩人が多くいますし、俳句や短歌、ラップなども含めて様々に詩に触れているはずなのですが、特に普段「詩」を遠いものだと感じていると、「詩」に対して身構えてしまうところがあったり、「詩」からイメージされるのが「気持ちや感覚を素直に書くもの」みたいな印象だったりしますよね。最初に「詩」を習う授業などの機会に、技術や構成よりも、感想や「まず書いてみましょう」という部分が強調されるのもあるのかもしれません。

鴻巣　自分の気持ちに素直に書いてみましょう、と。

柴崎　もちろん、普段の会話では伝えにくい気持ちを表したりまず書いてみることも詩の大切な面ですが、一方で、感情や感覚的なコメントなどに対して本来と違う意味で「ポエム」と呼んだりする人もいますよね。日本社会全体の感情を表したり伝えたりすることへの苦手意識もあって、照れ隠し的な部分もあるのかもしれませんが。

鴻巣　なるほど。日本では政治家などが思うことを素直にというか、あまり何も考えずに口に出してしまったものが「ポエム」と称されやすいわけですが、アマンダの詩を読んでくると、たいへんに技巧が凝らされていますよね。技巧の非常にソリッドな土台があって、その上で自分の言いたいことを言う。

柴崎　ままならない言葉、言葉の不自由さを知っているからこそ、書いて獲得できる自由がある、ということは常に思いますね。

鴻巣　まさに。アマンダも「R」が上手く言えないという発話障害があって、ビデオを見て何回も何回も音を練習したそうですね。

柴崎　その経験も詩へとつながっているんじゃないでしょうか。

鴻巣　アマンダの強靱で怜悧な知性と、分析力と構成力。その上で、言葉が流れるようにフロウしていく。これは決してフワッとつくられた作品世界ではありませんね。先人の思想やスピーチを徹底的にリサーチし、その叡智の上に築かれているという面もあります。

柴崎　すごく緻密に構成されているところと、若々しいところと、どちらも詰まっていますよね。この詩をきっかけに、多くの方が詩をより多様な面から発見したり楽しんだりしてもらえるんじゃないかなと思います。

（しばさき・ともか／作家）

訳者解説

鴻巣友季子

二〇二一年一月二十日、二十二歳の詩人アマンダ・ゴーマンはアメリカ合衆国第四十六代大統領就任式で自作の詩を朗誦し、一躍時の人となった。一九九八年、ロサンゼルスに生まれ、学校教師でシングルマザーの母に育てられた彼女は、米国議会図書館の支援で世に認められて花開くまでは様々な苦労を経験してきた。名望を得た今でさえ、黒人であることで差別を受けるという。そんな若き詩人がアメリカのこれまでの苦難や人種・階層の分断、これから目指す道や団結への希望を、力強いメッセージをもつ詩にうたいあげ、圧倒的な「声の芸術」として聴衆に届けた、それがこの就任式の詩誦である。

ゴーマンはいまの雄弁さからは想像がつかないが、幼少時は発話障害に悩まされもしたという。今回の詩にも歌詞が引用されているミュージカル『ハミルトン』中の歌を繰り返し聴いて、Rの音を矯正したとも聞く。このミュージカルは米国独立戦争時にジョージ・ワシントンの副官を務めたアレグザンダー・ハミルトンを主人公に据えて建国の歴史を描いた作品だ。異色なのは、全キャストが有色人種の役者によって、全編ラップで歌われるということ。本作のプランを当時の大統領オバマ氏が初めて聞いたとき――本人いわく――その破天荒さに笑ってしまったという。アメリカを建立した白人たちの物語を、そのために奴隷として連れてこられた黒人、およびヒスパニックだけで演じるという、刺激的かつ鋭利な批評性。しかし『ハミルトン』は空前の大成功をおさめ、オバマ氏はのちに、「あの時は笑ってしまって、本当にすみませんでした」と、同作の演出家リン＝マニュエル・ミランダに直接謝った。

■

アマンダ・ゴーマンの「わたしたちの登る丘」を論じるにあたり、最初に詩のスキームについて書いておく。本作は細部から全体にまで驚くべき精緻な構成をもち、反転と対照化を大きな特徴としている。暗から明へと。過去から未来へと。詩人はアメリカという国を透徹した目で見つめ、その言葉には厳しい批判も自省もこめられているが、それらは特定の党派に向けられたものではなく、国民全体で共有されるべきものとして提示されることに留意したい。

詩全体に、語と語、フレーズとフレーズ、モチーフとモチーフが、ネガティヴからポジティヴへの転換、イメージの反転と対照化が繰り返され、悲嘆から希望へと向かおうとする一編の強靱なテクストを織りなしていく。これは、人びとの歩み寄りと相互理解によって、アメリカの分断を融和し、光射す未来を目指そうとする詩人の意志が紡ぎだした文体なのだろう。

詩のメッセージの要諦は、一つに、アメリカ国民の団結であり、絆だ。これをシンコペーションの効いた先鋭なリズムにのせて、アマンダ・ゴーマンは朗々と詠じた。詩の押韻や韻律について言えば、脚韻もさることながら、語頭で韻を踏む頭韻が鮮やかに耳に響く。この駆動力の高いリズムが語の明転とあいまって、高揚感と解放感を醸成していくのである。

冒頭は、恐れ、踏み迷うアメリカの姿から出発し、少しずつ回復へむかい、自信をとりもどし、最後には、友愛に満ち、多様で理知的なアメリカの像を投射して終わっている。そう、これは己の苦難を直視するところから、力強く歩みだし、未来を切り拓こうとする詩だ。政治危機とコロナ禍が地球を覆ういま、アメリカだけでなく、世界中の人たちが必要としている言葉ではないか。

■

詩を第一スタンザの初めから見ていこう。

朝が来ても光が射してこない、暗中状況が提示される。この第一行は覚えておいてほしい。

頭韻が非常に際やかな印象をもたらす好例が、早くも第二スタンザに見られる。braved the belly of the beast と、b, b, b と強く頭韻を踏んでいる。the belly of the beast（獣の腹）とは、もともと神の言いつけに背いた預言者ヨナが大きな魚に飲まれて死にそうになったという旧約聖書の説話に由来する。ここでは、「耐え難いほど不快な場所や経験」、あるいは「悪の巣窟」といった比喩表現であり、自分たちが立ち向かってきたのは、悪者たちの跋扈する過酷な世の中であるという批評性の高い一行である。ちなみに、9・11同時多発テロで破壊されたロウアー・マンハッタンのワールド・トレード・センター一帯は、一部ニューヨーカーたちに "the belly of the beast" と呼ばれるようになったという。アメリカにとって、それまでの数年間は9・11テロ後のような分断と試練が続いたという意味にもとれるだろう。

次の行の「沈黙、すなわち平穏とはかぎらない」は、その後につづく just is と justice の掛け言葉にも関わってくるが、「声をあげることすらできない人たちがいる」ことを示唆しているだろう。就任式後に各メディアが公表した朗誦の書き起こしは、細部にだいぶばらつきがあり、"just"だけを引用符で括ったものが多数ある一方、"just is"までを括った表記もあった。今回、正式な出版テクストとして "just is" に引用符が付けられたことは重要で、この just は名詞扱いではなく、is を修飾する副詞だとわかった。

ゴーマンはこの詩を書くのに歴代の政治家や文学者の言葉を渉猟したと言う。「只《ジャスト・イズ》そこにあるものが規範や通念となろうとも、それが正義《ジャスティス》とはかぎらない」。これは、ひとつには、カマラ・ハリス副大統領の勝利宣言のなかの「民主主義とは状態ではなく、行動である」という冒頭の言葉を意識したものではないか。そして、ハリス氏のこの文言は、その数カ月前に逝去したジョン・ルイス下院議員（米国の公民権の平等化に献身した黒人政治家・活動家）の言葉からの引用である。さらに、ハリス氏が引用した文章の後には、「『愛に満ちた共同体』……を築くために、各世代がそれぞれの役割を果たさねばならない」という文言が続き、この「愛に満ちた共同体（The Beloved Community）」はマーティン・ルーサー・キング牧師の言葉から引かれているのだ。連綿とつらなる先人たちの言葉と思いを重ね、just is の just には当然、「公正な」という意味もこめられているだろう。

第三、第五スタンザの、「ただ未完の国がある」「わたしたちは完成からも、……ほど遠い。……だからといって、完璧な国を求めて励むのではない。……志をかかげて結束をかため」には、ユダヤ教のラビ、タルフォンの「世界を完成させるのはあなた方の仕事ではないが、世界から勝手に離脱することはできない」（ユダヤ教の父祖格言集Pirkei Avotより）の木霊がうっすらと響いているのではないか。また、a union that is perfect というフレーズはアメリカ合衆国憲法の文言に鑑みて考える必要があるだろう。今回訳文の〝センシティビティ・リーダー〟（米国出版界に導入されているシステムで、文中に差別的、不適切な表現がないかチェックする査読者のこと）の一人をお引き受けいただいたアメリカの詩人・翻訳家のジェフリー・アングルス氏によれば、このくだりは独立後の一七八七年に作成されたアメリカ合衆国憲法の最初の行、“We the People of the United States, in Order to form a more perfect Union, establish Justice...”をただちに想起させるという。

この場合のmore perfectは「より統合された」、つまり「合邦した一つの統一国家」であるという含意だ。しかし「統一」というのは、ある面では多様性を排することでもある。ゴーマンは自分たちが目指すのはperfectな国家ではない、多様性を重んじながら、purpose（目的）を掲げて国をつくりあげていこうと言っている。このくだりについては、前出の対談でもさらに解説を試みているのでお読みいただきたい。

第七スタンザでは、armsが二回使われているが、語源も意味も違う語である。一度目は人びとが傷つけあう「武器」、二度目は人びとが互いの体にまわしあう「腕」。争いから和平への反転を、同音同綴異義語で表現している。ここも、暗から明へ、対立から融和への転換だ。

意味の反転とともに、頭韻の効果としての駆動性がよく表れているのが、第七、第八スタンザである。harm/harmony, grieved/grew, hurt/hoped, tired/tried/tiedと、頭韻がリズミックに連打され、対照的な二語（三語）がスイッチバックしながら、鮮やかにネガティヴからポジティヴへと覆っていくところに注目したい。危害から調和へ、傷から希望へと、まさに言葉の魔術師である。やはり、この詩の文体には詩人の内面が投影されているのだろう。

第十スタンザでは、詩全体のトーンが高まるなかで、民主主義の不滅を打ちだす。かなり具体的なイメージとともに強いメッセージが喚起されている。「国を分かちあうことなく、ばらばらに分かつ力」「民主主義の足を引っ張るだけでも国ごと滅ぼしかねない勢力」「この企みはあやうく完遂しかけた」と。ゴーマンは「(就任式までの) この数日、数年の過去に、自ら注釈をつけるつもりで向き合う」ためにこの詩を書いたと言っているが、ここのくだりにはその姿勢が顕著に表れ、「暗示」の手法から「明示」へと軸足を移していると言えるだろう。

第十一スタンザには、先述した『ハミルトン』からの引用が見られる。History has its eyes on you はこのミュージカルの副題のようなもので、have one's eyes on someone は「〜に視線を注ぐ、監視する、見つめる」といった意味だ。ジョージ・ワシントンが自分の過去の失策で多くの兵士を死なせてしまったことを嘆き、ハミルトンに「きみもじきにそういう重責を負うようになるのだ」と諭す。このフレーズは、歴史は常に我々を見張っている、歴史に「裁かれる」という訳語が、意味的には近いかもしれない。

最終スタンザの第一行の始まりは、第一スタンザの始まりとまったく同一フレーズだが、第一スタンザとは含意が百八十度変わっているのがわかると思う。その移り変わりを表現するために、あえて同じ語句を反復させているのだ。日本語訳では、第一スタンザでは「朝が来るたびに」というこれまでの失意の反復として訳し、最終スタンザでは「朝が来たら」と未来に向けて踏みだす意味に訳し分けた。

最終スタンザは頭韻よりも脚韻が多くなっている。語の後ろにウエイトがいくことで、燃え上がった情熱が静かに胸にたたまれていくようでもあり、最後はitという音的にも意味的にもむしろ弱い語で終わらせ、余韻をかもしだしているのが、みごとである。

■

最後に、アマンダ・ゴーマンの本作の翻訳をめぐって、国際的な問題になったことについて触れる。この詩のオランダ語とカタルーニャ語の翻訳者が降板することになったのだ。前者は「白人で、ノンバイナリー（性別を自認・公表していない）で、この分野の経験がない」ことを理由にネットで激しい反対の声があがり、辞退。このマリエケ・ルーカス・ライネベルトは二〇二〇年のブッカー国際賞の最年少受賞者であり、ゴーマン自身が互いに若い書き手としてエールを送るつもりで、指名した翻訳者なのだ。

カタルーニャ語訳者ビクトル・オビオルスのほうは、すでに訳稿を完成させていたようだが、アメリカの版元の要請を受けたバルセロナの版元から、「訳者は若い活動家の女性で、黒人が望ましい」として契約を解除された。これまでシェイクスピアやワイルドなどを訳してきたベテランの男性翻訳家で、白人、六十代。両者とも、翻訳の力量ではなく、属性が作者本人と違うことで不適任とされたわけだ。

これは表象にかかわる「代弁者の資格」という、たいへんむずかしい問題だ。翻訳だけでなく、小説、詩、絵画、映画などの創作物、ドキュメンタリー制作、舞台演技、演奏、はては料理など、あらゆる文化、あらゆる表現行為に関わってくる。ここで当然、「ならば、『源氏物語』は日本の平安人でないと、理解も翻訳もできないのか?」とか、「戦争や障害の当事者でなくてはそれらを描けないのか?」といった反論は出るだろう。実際、オビオルスは、「それなら、古代ギリシャのホメロスはだれにも訳せない」という趣旨の発言をしている。[*1] ライネベルトは辞退後に自らも詩を発表した。ミッシェル・ハッチソンによる英訳"Everything inhabitable"からの重訳になるが、部分的な大意を記しておきたい。[*2]

「あの不屈の精神は決して失せず……説教壇や、ものごとの正誤を決める〝ことば〟(聖書)に屈することもなく」「分類され奴隷にされることに、人間を箱に押しこむあらゆる行為に抗ってきた」「大切なのは相手の立場でものを考えられるか。相手の怒りに燃えた目の奥に悲しみの海を見てとれるか。……たとえ理解が十全ではなく、琴線に触れられるとは限らないとしても、その差異が溝になったとしても、感じる、そう、それは感じられると言いたい」「あの不屈の精神は失せたわけではなく、いまもしっかり摑んでいる。だれかのほうがもっと居心地の良い(住みやすい)ものができるから、きみは適任でないと言われ、一篇の詩に跪くことになっても」「自分の求めるものが友愛であり、差しだされる手であり、とはいえ自分の手は力不足なことを知っているから、あるいは、まず自分から相手の手をとり和解すべきだとわかっているから」

重訳なので行き届かない所もあると思うが、これはゴーマンの詩へのみごとなアンサーでありパラフレーズではないか。ライネベルトも「分類され奴隷にされること」に抗ってきたマイノリティなのだ。ある意味、歪んだポリティカルコレクトネスやキャンセルカルチャーへの抵抗ともとれる一方、ゴーマンもライネベルトも、目指すところは同じだということがよくわかる。そう、偏見や決めつけや不平等や差別のない、友愛を礎とする社会である。

ちなみに、インド・オーストラリアのポストコロニアル文学と翻訳学の研究者でもあるマリデュラ・ナス・チャクラボーティはこの件に関して〈ザ・カンバセーション〉誌に「これは翻訳の終焉か？」という記事を寄稿し、「翻訳者の好奇心を刺激するのに欠かせないのはこの未知の要素なのだ……たとえ、翻訳者が原作者と同じ文化に属していても、翻訳というのは、差異に反対方向へと引っ張られる力によって成る。創造的な翻訳というのは、対向し擦過しあうことで、新たな意味とニュアンスを産むことができる」[*3]と述べた。同質性ではなく異質性が翻訳という営みを要請し、成立させるという、しごく当然の理路である。

ふたつの言語や文化や社会が互いに異質であればあるほど、つまり翻訳不可能なものほど、訳業を必要としているというのが、翻訳のディレンマ的な存在意義なのだ。

それでも、今回翻訳者の属性が問題になっているのは、この詩が文字芸術というより、「スポークン・ワード」と呼ばれる口承芸術でもあるからだろう。声に出して聴き手に届けることで作品として完成する部分がある。書き手というより演じ手、役者に近い。

そして現在、米国では、ハリウッドでもブロードウェイでも、黒人の役を社会的により強い立場の白人が演じることは、まずもってNG行為だ。

アマンダ・ゴーマンが黒人として経験してきた苦労については、本稿の序段に書いた。また、この詩は文字テクストとしてのみ存在するものではなく、こうしたマイノリティの若い表現者が、多人種多文化の強大なアメリカという国家の大統領就任式で（とくに白人優位主義と、それに抵抗するBLMなどの反対運動の対立が深まっていた数年間の後に）力強い「声」のメッセージとして「全世界に」届けたものである。

わたしは一人の翻訳者として、「人間の想像力や共感力には限りがなく、その属性に縛られることはない」と力説したい。とはいえ、この件に関しては、単純に言い切れない要素が多く、この原稿を書いているたったいまも、はっきりした答えを出せずにいる。

いずれにせよ、ひとつ言えるのは、翻訳とは純粋な言語の通路ではなく、複雑な政治の場だということなのだ。

＊1 Amanda Gorman's Catalan translator dropped because of 'profile'(BBC News, 11 March 2021)

＊2 Everything inhabitable: a poem by Marieke Lucas Rijneveld, translated by Michele Hutchison (The Guardian, Sat 6 Mar 2021)

＊3 Mridula Nath Chakraborty, "is this the end of translation?"(The Conversation, March 12, 2021)

英文学者の小川公代氏、詩人で翻訳家のジェフリー・アングルス氏はじめ、センシティビティ・リーダーの任を引き受けてくださった方々に、篤くお礼を申し上げます。

When day comes, we ask ourselves:
Where can we find light
In this never-ending shade?
The loss we carry, a sea we must wade.

朝が来るたびに、わたしたちは自問する。

どこに光を見出せるというのか？

この果てなくつづく暗がりに。

わたしたちの抱える喪失、これからわたる荒波に。

We've braved the belly of the beast.
We've learned that quiet isn't always peace,
And the norms and notions of what "just is"
Isn't always justice.

And yet the dawn is ours before we knew it.
Somehow, we do it.
Somehow, we've weathered and witnessed
A nation that isn't broken, but simply
unfinished.

勇を鼓し、悪の跋扈《ばっこ》する場にもぶつかってきた。
沈黙、すなわち平穏とはかぎらない、
只そこにある《ジャスト・イズ》ものが規範や通念となろうとも、
それが正義《ジャスティス》とはかぎらないと知りもした。

それでも知らぬ間に夜《よ》は明ける。
さあ、どうにかしてやり遂げよう。
これまでもどうにか持ち堪え、目の前には、
壊れたわけではない、ただ未完の国がある。

We, the successors of a country and a time
Where a skinny Black girl,
Descended from slaves and raised by a
  single mother,
Can dream of becoming president,
Only to find herself reciting for one.

And yes, we are far from polished,
  far from pristine.
But this doesn't mean we're striving to
  form a union that is perfect.
We are striving to forge our union with
  purpose,

わたしたちはこういう国と時代を継承していこう、
痩せっぽちの黒人の少女、
奴隷の末裔にしてシングルマザーに育てられた娘も、
大統領になる夢を見られるような。
と思えば、その子はいま大統領に詩を暗唱する役まわり。

そう、わたしたちは完成からも、かといって生《き》のままからもほど遠い。
けど、だからといって、完璧な国を求めて励むのではない。
目指すのは、志をかかげて結束をかため、

To compose a country committed
To all cultures, colors, characters,
And conditions of man.
And so we lift our gazes not
To what stands between us,
But what stands before us.
We close the divide,
Because we know to put
Our future first, we must first
Put our differences aside.

We lay down our arms
So that we can reach our arms out to one
another.
We seek harm to none, and harmony for all.

人間のどんな文化、どんな肌色、どんな気質、
どんな境遇にも、
真摯にとりくむ国を築いていくこと。
うつむけた目をあげ、
わたしたちを隔てるものではなく、
わたしたちの先にあるものを見つめよう。
人びとの間の溝を埋めよう。
なぜなら、わたしたちはもう知っている。
未来を第一に考えるなら、第一に、
たがいの差異は脇におくべきだと。

さあ、武器《アームズ》を置こう。
たがいの体に腕《アームズ》をまわせるように。
だれも傷つけず、皆が調和する社会を目指そう。

Let the globe, if nothing else, say this is true:
That even as we grieved, we grew,
That even as we hurt, we hoped,
That even as we tired, we tried.
That we'll forever be tied together.
Victorious,
Not because we will never again know
defeat,
But because we will never again sow
division.

Scripture tells us to envision that:
"Everyone shall sit under their own vine
and fig tree,
And no one shall make them afraid",
If we're to live up to our own time, then
victory
Won't lie in the blade, but in all the bridges
we've made.
That is the promised glade,
The hill we climb, if only we dare it:
Because being American is more than a
pride we inherit—
It's the past we step into, and how we
repair it.

すくなくとも、これだけは事実だと地球に言わせよう。わたしたちは
懊悩《おうのう》しつつも、大きくなり、
傷つきながらも、希望をすてず、
疲れ切って《タイヤード》も、力を尽くし《トライド》、
とこしえの絆を得た《タイド》のだと。
わたしたちに勝利があるなら、
もう二度と負けないからではなく、
もう二度と分断の種は蒔《ま》かないから。

思い描けと聖書は言う。
「だれもが其々のブドウとイチジクの木陰で安らぎ、
だれにも脅かされない」さまを。
わたしたちなりの時代を生きていくなら、勝利は
凶刃ではなく、わたしたちの架けた強靭な橋にある。
それこそが、鬱蒼《うっそう》たる森にひらけた約束の地、
わたしたちに勇気さえあれば登れる丘の斜面。
アメリカ人であるなら、受け継いだ誇りに甘んじず——
過去にこそ踏み入り、過ちは正していこう。

We've seen a force that would shatter our
nation rather than share it,
Would destroy our country if it meant
delaying democracy.
And this effort very nearly succeeded.
But while democracy can be periodically
delayed,
It can never be permanently defeated.

In this truth, in this faith, we trust.
For while we have our eyes on the future,
History has its eyes on us.

国を分かちあうことなく、ばらばらに分かつ力を、
民主主義の足を引っ張るだけでも国ごと滅ぼしかねない勢力を
わたしたちは見てきた。
しかも、この企みはあやうく完遂しかけた。
けれど、民主主義は折々に足止めされることこそあれ、
打ちのめされたままではあり得ない。

この真実を、この信念を、よりどころにしよう。
わたしたちは未来を見据える一方、
歴史に見張られてもいるのだ。

This is the era of just redemption.
We feared it at its inception.
We did not feel prepared to be the heirs
Of such a terrifying hour.
But within it we've found the power
To author a new chapter,
To offer hope and laughter to ourselves.

So while once we asked: How could we
possibly prevail over catastrophe?
Now we assert: How could catastrophe
possibly prevail over us?

正しくあがなう時がやってきた。
そのとば口に立つわたしたちは慄《おのの》き、
そんな苛酷な時代を継げる気がしなかった。
それでも歩みゆくうちに、わたしたちは力を見出した。
この国に新たな章をつむぎ、
みずからに希望と笑いをさしだす力を。

かつてわたしたちは自問した。どうしてわたしたちが、
惨禍に打ち勝てるというのか?
今のわたしたちには断言できる。このわたしたちが
惨禍に打ちのめされるはずがないと。

We will not march back to what was,
But move to what shall be:
A country that is bruised but whole,
Benevolent but bold,
Fierce and free.

We will not be turned around,
Or interrupted by intimidation,
Because we know our inaction and inertia
Will be the inheritance of the next
  generation.
Our blunders become their burdens.
But one thing is certain:
If we merge mercy with might, and might
  with right,
Then love becomes our legacy,
And change, our children's birthright.

過ぎた日に歩みを戻すことなく、
わたしたちは明日に向かって進む。
痣《あざ》はあっても、健やかに立ち直り、
思いやりに満ちながら、思い切りよく、
情熱と自由の国へと。

わたしたちはどんな脅しにも、背を向けず、
引き返しもしない。
無為と無気力はかならず、
次世代に負の遺産をもたらす。
わたしたちがつまずけば、次世代に負荷をもたらす。
でも、ひとつだけ確かなのは、
慈しみと強さ、強さと正しさをひとつにすれば、
愛がわたしたちの手渡す遺産となり、
孫子《まごこ》が生まれながらに改革の権利をもつことだ。

So let us leave behind a country better
than the one we were left.
With every breath from our bronze-
pounded chests,
We will raise this wounded world into
a wondrous one.

We will rise from the gold-limned hills
of the West!
We will rise from the windswept
Northeast, where our forefathers first
realized revolution!
We will rise from the lake-rimmed cities
of the Midwestern states!
We will rise from the sunbaked South!

だから、この国を受け継いだときより良い国にして
後世に受け渡していこう。
うち鍛えられたブロンズの胸で息吐《つ》くごとに、
この傷負った世界に息吹をあたえ、
輝かしい場へと育んでいこう。

わたしたちは黄金《こがね》の陽《ひ》に染まる西部の丘陵地で立ちあがる！
風の吹きすさぶ北東部、昔々に先祖たちが初めて革命をなしとげた場所で立ちあがる！
数々の湖にかこまれた中西部の町々で立ちあがる！
灼熱の太陽が照りつける南部で立ちあがる！

We will rebuild, reconcile, and recover,
In every known nook of our nation,
In every corner called our country,
Our people, diverse and dutiful.
We'll emerge, battered but beautiful.

When day comes, we step out of the
  shade,
Aflame and unafraid.
The new dawn blooms as we free it,
For there is always light,
If only we're brave enough to see it,
If only we're brave enough to be it.

わたしたちは建て直し、歩み寄り、立ち直る、
この国で知られるあらゆる場所で、
わたしたちの国と呼ばれるあらゆる片隅で、
多様でありながら実直な国民たちが。
わたしたちは押しひしがれてもみごとに身を起こす。

朝が来たら、暗がりから踏みだそう。
熱い思いを胸に、臆することなく。
解き放てば、新たな夜明けが花ひらく。
光はきっとどこかにあるのだから。
わたしたちに見る勇気さえあれば、
わたしたちに光になる勇気さえあれば。

アメリカ合衆国大統領とバイデン博士、
副大統領とエムホフ氏、
そしてアメリカ国民のみなさんと全世界に捧ぐ。

Mr. President and Dr. Biden,
Madam Vice President and Mr. Emhoff,
Americans, and the World:

THE HILL WE CLIMB

An Inaugural Poem for the Country

AMANDA GORMAN

わたしたちの登る丘

アマンダ・ゴーマン

鴻巣友季子　訳